나에게 다정한 하루

서늘한여름밤 글·그림

위즈덤하우스

다음 판을 시작하시겠습니까?

그만두고 나온 그 순간부터

"나/너는 뭐가 문제니?"라는 질문과 끊임없이 부딪쳐야 했다.

언젠가 재기할 거라는,
그래야 한다는 생각이 늘 나를 따라다녔다.

그 마음만 있었던 건 아니지만, 분명 그 마음도 있었다.

나를 틀렸다고 한 모든 이에게
아니라는 걸 증명하고 싶었고

포기했던 것들을 되찾고 싶었고

분명 내 자리가 있다는 걸 확인하고 싶었다.

어쩌면 나는 오래전부터
지금이 재기의 시작이 될 거라 여겼는지도 모른다.

그렇게 생각하니 마음이

아주아주 무거워지는 걸 느꼈다.

그것은 아주 오랫동안 내가 짊어지고 왔던 무게였다.

무언가 증명해야 한다고 생각하는 삶은 참 힘들었다.

나는 증명하는 삶 대신 즐거운 삶을 원한다.

살아남는 게 아니라 살아가고 싶다.

그러니 이번 판은 여기까지야.

이제 그만 종료하고 갈게.

다음 판은 엔딩을 필요로 하니까.

♦ ♦ ♦

내가 이상하다고, 틀렸다고 이야기하는
안팎의 목소리들 사이에서
나는 아니라고 말하기 위해 얼마나 애썼나.
언젠가 재기하겠다는 마음이
얼마나 나를 비장하게 만들었나.

이런 마음으로는 새로운 시작을 할 수 없으니
재기도, 패자 부활도 하지 않고 이번 판은 여기서 종료할게.

"새로운 판을 시작하시겠습니까?"
"예스."

차례

이리와
내게 기대

2부

내 마음
너머의
마음

올해 나는 바보 같은 짓들을 감당하고
무엇이 최선인지도 모를 꼴으로 갈 수 있을
정도로 컸구나

3부

잘하지
않아도 되는
삶을 위해

1부

나에게
다정한
하루

여기는
어디지?

여기 있는
내 마음은 어떻지?

#01

나는 여전히
신날 수 있어

어릴 때 막연히 어른은 심각하고 힘든 건 줄 알았다.

나는 이제 반박할 수 없는 어른의 나이가 되었고

올해 지금껏 해보지 않았던 일을 시작하고 있다.

낯선 일들은 낯선 감정을 불러일으켰다.

으으,,, 이거 뭐지,, 무슨 느낌이야,,,

그리고 나는 습관처럼 부정적 감정 목록에서 그 감정의 이름을 찾았다.

왜냐하면 일이 재미있다는 것에 선입견이 있는 인간이었고

지금 내가 하려는 일은 진지한 일들이니까 힘들겠지, 싶었다.

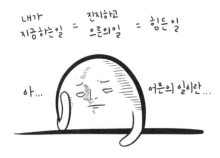

처음 하는 일이니까 당연히 불안과 부담을 느낀다.

어릴 때는 그게 너무 싫어서 그 감정을 없애는 것에만 집중했는데

이제는 알았어.
불안하고 부담스러우면서도

동시에 신날 수도 있다는 걸!

신나는 건 내 마음을 덜그럭거리게 해서

쓸데없다고 저 한구석에 묻어뒀는데.

요새 내가 느끼는 이 두근거림은

아무래도 불안이 아니야!

너무 오랫동안 잊고 있었지만

새로운 모험을 떠나자! 신날거야!

나는 여전히 신나는 걸 느낄 수 있어!

♦ ♦ ♦

두려움과 불안함 사이에서도
나는 여전히 신날 수 있어!

와!

#02

무엇이

아니라

어떤 사람

지금까지 나의 성장에는 이름과 숫자가 있었다.

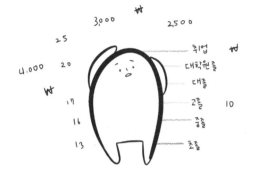

네모반듯한 경험을 차곡차곡 쌓아 올리는 걸 성장이라 믿었다.

이름이나 숫자를 붙일 수 없는 경험은

쌓이지 않고 흘러내리는 것 같아서

초조할 때가 있었다.

그래서 오랜만에 만난 친구가 문득 내가 달라졌다고 말했을 때

나는 처음으로 흘러가지 않고 남아 있는 것들을 보았다.

더 다양한 가능성에 대해 마음을 열어놓은 사람이 된 것.

나의 감정을 부끄러워하지 않는 사람이 된 것.

두려움과 용기가 공존하는 사람이 된 것.

내가 시작했던 곳과 다른 사람이 되는 것.

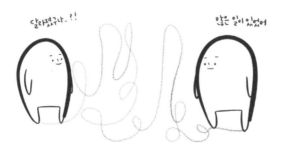

이 중에 어떤 것에도 이름이나 숫자를 붙일 수 없지만

어떤 면에서는 거의 움직이지 않은 것처럼 보이지만

• ← 시작
• ← 지금

나는 내가 헤맸던 길을 기억한다.

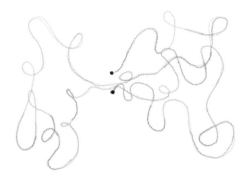

무엇이 되지 못하더라도

?? ?

???

취업

대학원졸

대졸

고졸

중졸

초졸

나는 '어떤' 사람이 되고 싶다.

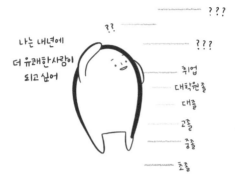

'무엇'으로는 설명할 수 없는.

♦ ♦ ♦

이름을 단 무언가가 되는 것만이
성장이라고 생각했다.
그러나 이름 붙일 수 없는 경험들로도
나는 성장하고 있었다.

꼭 어딘가에 도달하지 않아도
그 과정에서 경험하는 것만으로도
충분하다.

나는 어떤 사람이 되고 싶다.

#03

**우리 다시
만날래?**

나는 자전거를 타고 모험하는 걸 좋아하는 아이였다.

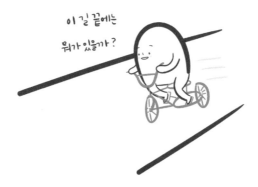

길을 잃을 걱정을 하지 않고 페달을 밟았던 기억이 난다.

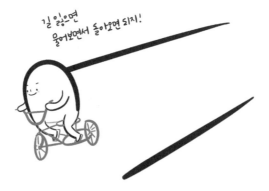

아무 데도 도착하지 않더라도 아무렇지 않았던 때가 있었다.

28

그때의 나로부터 어떻게 지금의 내가 된 거지?

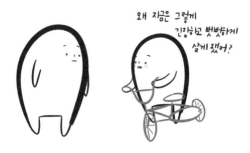

변명을 하자면, 나는 무서웠어.

발밑이 흔들리는 듯한 날들을 지나다 보니

나는 안전하고 싶었단다.

빨리 어른의 눈으로 보고 어른스럽게 행동하고 싶었어.

어른의 행동으로 인정받아 먹고살 수 있었지만

어른의 눈으로는 이해하지 못할 것들도 많아지더라.

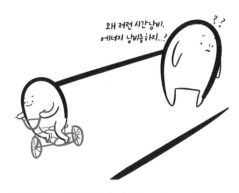

지금 나는 그렇게 어른이 된 게 조금 속상하기도 해.

이만큼 크느라 참 쉽지 않았어.

예전에 무서웠던 것들이 더 이상 무섭지 않고,

조급하게 크느라 흘리고 온 것들을
다시 만나고 싶을 만큼.

사라지지는 않았겠지.

모든 게 예전과 같지는 않겠지만

우리 다시 만날래?

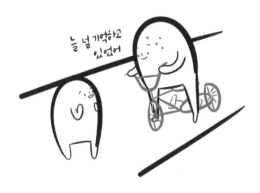

♦ ♦ ♦

예전에는 몰라서 무섭지 않았지.
그러다 아니까 무서워지기도 했어.
더 이상 알아도 무섭지 않아.

이만큼 커서 이제 괜찮아.

그러니 우리 다시 만날래?
늘 기억하고 있었어.

04

나의 두려운
반쪽

나의 삶을 반짝이게 유지하려 했다.

나를 지켜야 했기 때문이다.

오직 그것이 내 삶의 목표인 것처럼 살았다.

내가 도망치고 끊어내려 했던 것은

내가 두려워한 나의 이면.

내가 죽이고 싶어 하고

나를 죽이려 했던

나의 반쪽.

이제 나는 반쪽만으로 살기에는 재미없어.

도망치지 않을 거야.

혼란이 나를 다
부숴버릴 거 같아
무서워서
도망쳤어
마주하지
않았어

고통과 혼란을 내게 쏟아부어도

나는 피하는 길이 아니라

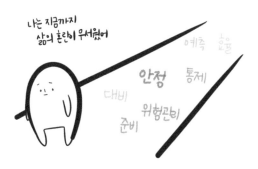

나는 지금까지
삶의 혼란이 무서웠어

예측   효율

안정   통제

대비

위험관리

준비

원하는 길로 갈 거야.

지금부터 함께 가는 거야.

느리게 가도 상관없어.

고통스러워도

끌어안을 거야, 너를.

◆ ◆ ◆

불안정한 삶을 사는 것은
불안정한 자신을 만나게 되는 일이다.
나는 반쪽의 모습으로만 살 수 없는 삶을 시작하고 있다.

이토록 위태롭고 혼란스럽고 불안정한
나의 두려운 반쪽.
도망치지 않을 거야.
끌어안을 거야, 너를.

#05

쿨해질 수
없어

나는 열심인 인간이다.

오랜 시간 쿨해지려 노력했으나

실패했다.

사실 무언가 열심히 한다는 건 위험한 일이다.

보상이 보장되지 않는 걸 알면서도

마음을 쏟으면 기대가 높아진다.

그래서 더 큰 실망과

더 큰 자기혐오와 마주해야 할 때도 있다.

그 쓸쓸함을 모르는 건 아니다.

근데 어쩔 수 없잖아.

아무래도 나는 열심히 사는 걸 좋아하는 거 같은데.

때로 넘어져도

나아가고 있다는 증거라고 생각하고 싶은걸.

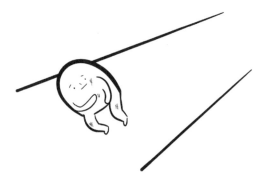

단지 괴로움을 피하며 살고 싶은 게 아니야.

괴로울지라도 원하는 걸 원하는 대로 하고 싶어.

인생의 온갖 뜨거움과 차가움, 사랑과 혐오, 좌절과 희망 사이에서

도무지 쿨해질 수 없는 나를 위하여!

♦ ♦ ♦

열심히 살게 된다.
열심히 살면 쿨해질 수가 없다.
노력할수록 고통도 따라온다.
때로 더 많이 알고 싶고 더 많이 가보고 싶고
더 많이 도전해보고 싶다.
어느새 열심이다.

너무 싫어하기도
너무 좋아하기도 해서
쿨해질 수 없는 삶을 위하여!

#06

자존감은
어디에서
올까

자존감에 대한 이야기가 많아질수록

자존감을 지키며 사는 일이 얼마나 힘든가 생각한다.

자존감은 스스로에 대한 주관적인 평가이다.

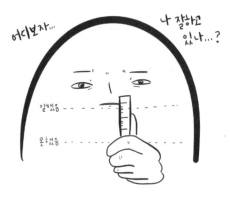

우리는 평생을 남의 평가를 듣고 자라왔다.

나의 답을 찾는 게 아니라

답을 채점 받으며 살아왔다.

살갗이 벗겨진 것 같은 마음으로

단일한 기준에 줄 세워져

못하면 괜찮지 않은 걸 매일 피부로 느끼고

비교하며 괴로워했다.

하지만 나는 어느 하나의 기준으로만 측정될 수 없는걸.

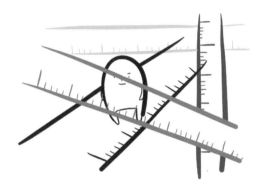

그래, 못하면 괜찮지 않지.

근데 적어도 남의 기준이 아니라, 나의 기준 때문에 괴롭고 싶어.

누군가의 기준에서는 실망스러울 수 있겠지.

비웃는 사람도 있겠지만

내가 알 바는 아니지.

자존감은 누군가의 기준을 만족시킨 보상이 아니라

내 기준을 세운 것에 대한 보상이 될 거야.

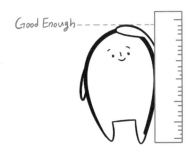

Good Enough

♦ ♦ ♦

스스로 못했다고 생각해 너무 힘들어지는 순간이 있다.
거기다가 남들과의 비교까지 끼얹으면
정말 상처에 소금 뿌린 듯 힘들다.

어떤 기준에 비춰 '못한다'라고 평가받는 순간은 괴롭다.
그 괴로움까지 초탈할 수 있다면
정말정말 좋겠지만
아직 그 수준은 아닌 것 같다.

다만, 괴로울 거라면 남의 기준이 아닌
내가 세운 기준으로 괴롭기를 바란다.

07

오늘부터 나는 내가 완벽주의자라는 걸 인정하기로 했다.

이걸 인정하지 못했던 이유는 내 주변에 진성 완벽주의자들이 너무 많았고

나는 완벽함을 추구하지 않았다고 생각했기 때문이다.

그러나 내 안에 뭔가 흐르고 있는 걸 알았다.

책 내기 직전인데 그림을 전부 다시 그리고 싶다는 마음이 든다.

…물론 다시 그리지는 않겠지만.

사업도 다 갖춰서 시작하고 싶다.

정확히는, 갖출 수 있는 모든 것을 갖추고 시작하고 싶다.

나는 지금 고치 안에 있는데

밖으로 나가자마자 바로 완벽하게 날고 싶달까.

만약 부족하다면

용인될 수 있을 만큼만 부족하고 싶다.

안이하고 멍청한 실수를 저지르는 것을

나는 아직 용납하지 못한다.

가본 적 없어 넘어지기 쉬운 길에

나를 지키며 갈 수 있을지

고민이 되는 요즘이다.

❖ ❖ ❖

완벽주의인 것을 인정하지 못했던 건
진짜 완벽주의자들이 주변에 많은 탓도 있지만
완벽주의가 '있다'면 결코 완벽한 인간이 되지 못할 테니까.
(극도로 치밀한 나.)
내 마음속 날카로운 완벽주의는 나를 쿡쿡 찌르며
나아가게 하고 성취하게 했다.
하지만 더 이상 이 마음을 품고 살기에는 위험해지는 길목 앞에 다다랐다.
그러니 인정하는 것부터 시작하자.

안녕하세요, 서밤입니다. 저는 완벽주의자입니다.

일하는 나는 나를 지치지 않고 써왔다.

무엇인가 낭비하거나 비효율적이면 너무나 괴로웠다.

어떤 것도 낭비하지 않기 위해 안절부절못하며

나를, 내 마음을 아주 많이 낭비했다.

나의 조바심에는 돈이 들지 않았고

나를 위한 시간은 돈이 되지 않았으니까.

때로는 매우 합리적이고 필연적인 결정들로 인해

나는 날카로운 선 위에 서 있는 기분이었다.

나는 나의 고통이 어느 정도인지 궁금해지기 시작했다.

조바심으로 흩어지는 에너지가 아까워지기 시작했다.

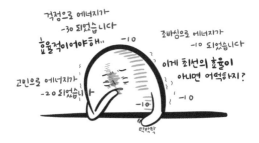

효율적이고 낭비 없는 삶이 무엇인지 의문이 들기 시작했다.

돈을 아끼듯 시간을 아끼듯 나를 아낄 수 있을까?

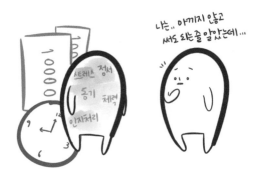

나도 쓰면 닳아 없어진다는 사실을 인정할 수 있을까?

최선이 아닌 최선의 결정을 받아들일 수 있을까?

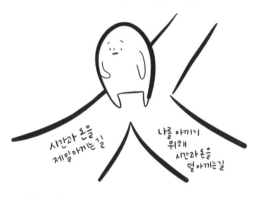

나는 지금 가장 어려운 질문에 봉착해 있다.

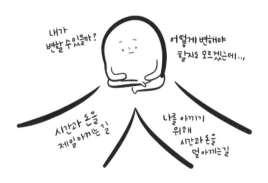

나를 아낄 수 있겠니?

♦ ♦ ♦

돈과 시간처럼
나의 마음도, 열정도, 에너지도
충전하지 않고 써버리면
소진되어버린다는 사실을
내가 인정할 수 있을까.

돈만큼, 시간만큼
나를, 나의 마음을 아껴줄 수 있을까.

사람들을 만나면 의식적으로 긴장을 풀려고 한다.

나는 사적인 모습이 있고 공적인 모습이 있다.

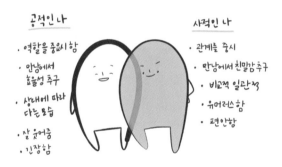

누군가를 만날 때면 나도 모르게 상대가 기대하는 역할에 맞추려 했다.

아마 그게 내 나름의 예의를 차리는 방식이자

안 친한 사이에는
민낯이 아니라
화장하는 게 예의라고
괜히 느껴지는 것처럼-?

방어막이었던 것 같다.

이 알 수 없는 갑갑함이 어디서 오는지 몰랐다.

어 뭐해?
그냥,,
안친한사람들 잔뜩 만나면
꼭 친구한테 전화하고 싶더라...

최근 사적인 모습을 감추지 않고 드러내는 사람들을 만나면서

불편함을 느끼는 내 모습이 느껴졌다.

그런데 그런 사람들을 자꾸 다시 만나고 싶었던 건

아마 그런 모습이 좋아 보여서겠지.

나도 그러고 싶어...

그때그때 느껴지는 감정을 표현하고

상대에 맞추는 게 아니라 그냥 만남에 집중하고 싶어

사실 상대가 나에게 기대하는 게 무엇인지 알 수 없다.

어떤 내 모습을 기대해?

어떤 정서적 결을 원해?

좋아하는 뷰어로드는 뭐지?

어떤 말투를 원해?

사실... 나야 모르지...

남이 생각하는 나에 맞추지 않고

서방이는

외향적이야   내향적인거 같아
냉정해   다정해
다혈질이야   차분해
똑똑해   허술해
강해   약해

내가 생각하는 나에 맞추지 않고

그때그때의 나일 수 있다면

참 편안할 것 같아.

그러니 오늘도 괜히 힘주지 말고

그저 나인 채로 있자는 다짐.

❖ ❖ ❖

낯선 사람들을 만나러 가기 전
'내가 되자'는 말을 마음속으로 주문처럼 외우고 간다.

인정받으려 하지 않고
잘 보이려 하지 않고
어떤 인상을 주려고 하지 않고
그저 그때그때 내가 느끼는 것들을
나눌 수 있다면 참 편안할 것 같다.

10

나는 멈춰 있는 게 싫었다.

어디론가 끊임없이 나아가지 않으면

무기력에 잠겨버릴까 무서웠다.

모르겠다 싶을 때 눈을 질끈 감고 달리면

많은 질문에서 자유로울 수 있었지만

어딘지 모를 곳에서 지친 나로 끝나게 된다.

멈춰 있을 시간이 필요하다.

두리번거리며 주변도 살피고

멍하니 하늘도 좀 보고

사랑하는 사람 눈도 빤히 보는 시간이 필요하다.

무기력과 평화는 다르다.

힘이 없는거랑

힘을 빼는 건 다른거야

긴장과 집중도 다르고

나 잘하고 있나?

나 잘 살고 있나?

지쳐 쓰러진 것과 멈춰 있는 것도 다르다.

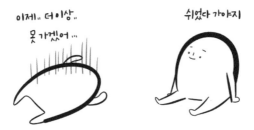

여기저기 던졌던 에너지를

내 안으로 모으고 싶다.

화분에 물을 줘야지.

그림도 그릴 거야.

못 그리는
그림이지만

그릴수록
재밌구만

멈춰 있을 힘을 내기 위해.

♦ ♦ ♦

나는 무기력함과 평화로움을 구분하지 못했다.
힘이 빠지는 것과 힘을 빼는 것이 다른 것인 줄 몰랐다.

멈춰 있기 위해서도 힘이 필요하다는 것을 몰랐다.

화분에 물도 주고, 가을 하늘도 멍하니 바라보고,
정성스레 식사를 준비해서
힘을 모아야지.

힘을 내서 멈춰 있어야지.

#11

다다르게
될 거야

며칠 전 상담에서 선생님이 말씀하셨다.

그 말이 왜 그렇게 좋았을까 곰곰이 생각해봤다.

나는 내가 변하지 않거나 변할 수 없다고 생각했다.

내가 아니라 가는 길을 바꾸는 게 최선이라 생각했지만

지금 나는 내가 원하는 길 위에 서 있었고
고통을 줄이기 위해 다른 길로 가고 싶지 않았다.

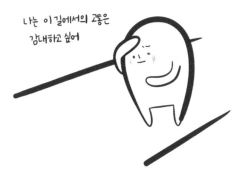

따라서 내가 받는 고통들은 그저 당연한 거라 의심 없이 믿었다.

그런 나에게 선생님 말씀은 이렇게 들렸다.

내가 막연하게 꿈꾸었던 삶의 모습이

언어로 그려져 내 마음 안에 들어오는 느낌이었다.

그렇게 살아도 된다고,
그렇게 살 수 있다는 말을 들은 기분이었다.

원하는 삶의 모습을 위해 길을 바꿀 수 있듯

원하는 삶의 느낌을 위해 나를 바꿀 수도 있었던 것이다.

그냥 원하는 길을 걷는 게 아니라

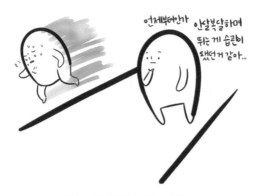

원하는 발걸음으로 갈 수 있다.

최선이라 믿었던 삶 너머에
더 좋은 삶이 기다리고 있을 것 같은 기분이 들었다.

나는 꼭 그 삶에 다다르고 싶다.

여기야
내가 오래도록
오고 싶었던
바로 그곳이

◆ ◆ ◆

새로운 길에 왔으니
습관처럼 살지 말고
원하는 대로 살아봐야지.

그럼 언젠가
오랫동안 그려왔던 그곳에
다다르게 될 거야.

#12

화내지 않고
나를 지키고
싶어

나는 화내는 걸 싫어하지 않는다.

좋아하는 건
아니지만

화 안 내고
살 수 있는 건
아니니까...

약자를 쉽게 후려치는 세상에서

여자

어린

사회 초년생

세상이
원래 이래~

니가 참아라

니가 뭔데
나대?

화는 나를 지켜줬다.
수도 없이.

나 함부로 건드리면
너도 피곤해질거다!!

성격
이상한 년이네...

그러나 나는 어떤 맥락에서는 조금씩 약자에서 벗어나고 있고

나를 태워 화를 내기보다… 나를 좀 더 아끼고 싶어졌다.

이제 화를 내지 않고 나를 지키는 방법도 익혀야 한다.

지금까지는 화가 나면 "왜?"를 물었다.

요새는 "어떻게?"로 시작해보려 한다.

나의 목표는 상대에게 상처 입히는 것이 아니라

조금이라도 더 빨리 날 안정시키는 것.

나에게 상처 입힌 상대에게 집중하는 게 아니라

나에게 집중하는 것.

분노 속에 있는 두려움에게

괜찮다고 말해주는 것.

나를 아끼면서

나를 지킬 수 있는 방법을 찾는 것.

내가 달라질 수 있을까…?

그 방법을 알아가고 싶다.

초코빵♡

♦ ♦ ♦

나는 화내는 내가 싫었다.
화내는 나를 긍정하기까지 10년도 더 걸렸다.
더 이상 화내는 내가 싫지 않다.
다른 방식을 시도할 때가 온 것이다.

아마 나는 쉽게 변하지 않을 것이다.
화내는 걸 연습한 시간만큼
다시 화내지 않는 법을 연습해야겠지.

화내지 않고 나를 지키는 법을
찾아 익히고 싶다.
나를 지키는 걸 넘어
정말로 아껴주고 싶어졌으니까.

13

원하는 곳에 도달하면 어떤 기분일까 궁금해본 적 있었나?

나는 지금 원하는 곳에 와 있는 것 같다.

흔한 이야기의 해피엔딩 같은데

막이 내린 뒤 이야기는 어떻게 되는 거지?

난 늘 저 산만 넘으면 안심이 될 것 같았는데

산을 넘고 나니 알게 되었다.

불안이 없어진다 해도

그 자리에 저절로 행복이 깃드는 건 아니었다.

그래서 나는 그 구멍을 늘 메우고 싶었나 보다.

웃기지? 나는 늘 불안에서 도망치고 싶었는데

불안이 나를 달리게 하는 힘이었다니.

나는 잘 사는 법을 아직 모르는 거 같아.

지금 여기가 너무 낯설어.

새로운 막은 펼쳐졌는데

나는 이 극의 대사를 한 줄도 모르는 기분이야.

나에게 시간을 줘.

혼란스럽더라도 서툴더라도

이번에는 내가 직접 쓰고 싶어.

◆ ◆ ◆

성취는 나에게 많은 것을 알려줬지만
불안하지 않는 법이나
불안이 없으면 무기력이 찾아온다는 것은
알려주지 않았다.

새로 시작된 삶을 어떻게 살아야 하는지
나는 모르겠다.
모르는 상태로 기다려야 할 때도 있겠지.

#14

축하하기로
해

축하를 받는 일은 참으로 어색하다.

그런데 스스로 축하하는 일은 더 어색한 일이다.

무언가 해냈을 때
자랑스럽고 뿌듯한 마음을 느끼기보다는

앞으로 뭘 더 해야 할지 생각했다.

축하하는 일이 어떤 효용이 있는지 알 수 없어서

겨우 이 정도 일을 축하하는 사람이 되고 싶지 않아서

나는 늘 축하를 미뤄왔다.

그러다 최근 정말 오랜만에 뭔가를 축하해봤는데

아… 참 기분이 좋았다.

그 덕분에 돌이켜보게 되었다.

책 나왔을 때도 따로
축하 안 했는데

중쇄 안 찍었음 또 그냥
넘어갈 뻔 했네...

나는 내가 해낸 것들이 불러온 다양한 감정들 중에

해낸 것

힘들었던 마음을 보듬어주는 것만큼

나 이거 해내느라
진짜 많이 떨리고
불안했지...

기쁜 마음을 즐기는 사람이었던가.

거울을 보며 정말 잘했다고 말할 줄 아는 사람이었던가.

나를 위해 케이크 하나라도 사주는 사람이었던가.

오늘부터라도 연습해봐야겠다.

정말...
잘했다

대견해

축하해, 정말 축하해.

축하하지
않고
넘어간일이
있다면

지금 같이 축하하자

◆ ◆ ◆

스스로 축하하는 건 정말 어색한 일이다.
"나는 한 주를 잘 살아낸 보상으로 맥주를 마시잖아.
너한테는 그게 무엇일 것 같아?"
라는 너의 질문에 떠오르는 게 없다.
(정말 나는 축하하는 연습이 안 되어 있다.)
조금씩 축하하는 연습을 해야지.

축하해.
중쇄 찍은 것도.
이번 한 주를 잘 마친 것도.

#15

맑은 날에는
잡초를 뽑을
거야

부정적인 생각들은 하루에도 몇 번씩
습관적으로 나를 스쳐간다.

대부분은 오래 머물지 않고 사라졌기에

괜찮은 날에는 무심히 방치했다.

그러자 그 생각들은 내 안에 잡초처럼 뿌리 내리며 자라났고

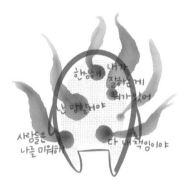

내가 취약해지는 순간,

나를 속부터 깨지게 했다.

다시 맑은 날이 돌아왔을 때

나는 잡초 같은 생각들을 마주하기로 했다.

나는 잘하는 게 있다.

모든 사람이 날 싫어하는 건 아니다.

실수해도 한심한 인간이 되는 건 아니다.

나는 완벽하지 않고, 그게 정상이다.

몇 번이고 나에게 다시 말해줄 것이다.

지금은 이 말들을 다 믿을 수 없을지라도

정말로 믿게 될 때까지 반복할 것이다.

그러니 마음이 맑은 날에는 잡초를 뽑고

좋은 믿음 하나 심어두기로 했다.

◆ ◆ ◆

습관적으로 드는 부정적인 생각들을
그냥 방치하지 않기로 했다.

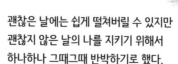

괜찮은 날에는 쉽게 떨쳐버릴 수 있지만
괜찮지 않은 날의 나를 지키기 위해서
하나하나 그때그때 반박하기로 했다.

내 마음 속에 좋은 믿음을 심고 싶다.

#16

오늘은
어떤
하루였어?

이 집에는 한 쌍의 부부와

두 명의 노동자가 산다.

일의 마감은 기다려주지 않지만

부부의 하루는 매일 다시 돌아오기 때문에

우리는 자주 서로를 기다리는 사람이 된다.

특별히 약속을 잡지 않아도 매일 만나게 된 우리는

함께 있어도 만나지 않는 시간이 많다.

그래서 어제 네가 나에게 물어봤을 때

오늘 어떤 하루였어?

그제야 눈을 맞추고 얼굴을 바라보았다.

다 안다고 생각했는데도

말하지 않으면 모르고 지나쳤을 너의 느낌과

그저 흘려보냈을 나의 하루를 다시 만난다.

따로 흐르던 각자의 시간이

같이 흐르기 시작하는 순간은 참 좋은 기분이야.

그러니 어서 돌아와, 우리의 하루를 시작할 수 있게.

오늘은 내가 먼저 물어볼게.

◆ ◆ ◆

"별일 없었어?"라고 물어봐주는 것보다
"오늘은 어떤 하루였어?"라고 물어봐주는 게 좋다.
별일 있는 하루는 별로 없지만
그렇다고 아무 일도 없는 하루는 없으니까.

그림을 그리는 사이에 네가 왔다!
늦은 저녁, 우리의 하루를 시작해야지.

17

나에게
다정한 하루

요새 엄청 무기력하다.

과각성 뒤에는 늘 무기력이 따라온다.

왜 사는지 알 수 없이 하루를 보내는 시간들 속에는 괴로움조차 없다.

이럴 때 나를 다 놓아버리지 않기 위해

남아 있는 기력들을 그러모은다.

끌어모은 기력으로 나에게 잘해주기로 한다.

마치 나를 사랑하는 사람처럼

갖고 싶었던 걸 선물로 사주고

쉬어도 괜찮다고 해주고

볕을 쬐게 해준다.

평소보다 일을 못해도

오늘 나 무슨 일 했는지
모르겠네...

하루를 성취로 평가하지 않기로 한다.

오늘 넌
돌보는 일을
한 거지

혹시 한심한 일을 저질러도

좀 봐줘야겠다.

어차피
나한테
화낼

기억도
없다고...

얼마 없으니까 가장 소중한 데 써야지.

나머지 일들은
다 기다릴 수 있어

120

매일매일 나랑 약속할 거야.

나에게 다정한 하루를 보내겠다고.

♦ ♦ ♦

매일 아침 나에게 사준 팔찌를 하며
조용히 속으로
오늘도 나에게 다정한 하루가 되겠다고 다짐한다.

별것 아닌 우스운 일일 수도 있지만
때로 그런 일들이 나의 하루를 다르게 만든다.

18

어설프도다
오늘의 나

사회생활 3년 차에 네 가지 직업을 경험했고, 하고 있다.

어릴 때는 '한 사람 = 하나의 직업, 직업 = 나'라고 생각했는데….

지금 내 안에서는 세 개의 내가 자라기 시작했다.

각각은 다른 양분을 필요로 하고

각기 다른 방향으로 뻗어나가고 싶어 하고

각각의 두려움이 있다.

세 부분이 잘 균형 잡히면 좋겠지만

< 희망편 ♡ >

결국 이도 저도 아닌 내가 되는 건 아닐까 걱정이 되기도 한다.

< 절망편.. >

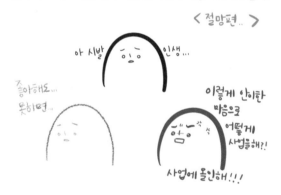

오늘의 나는 이도 저도 어설프다.

어설프고 잘하지 못하면 망하게 될까?

나는 잘하고 싶은 걸까? 좋아하고 싶은 걸까?

아니면 욕심을 부리고 싶은 걸까?

오늘의 나로 괜찮은 걸까?

잘하기 위해서는 결국 무언가 포기해야 하나?

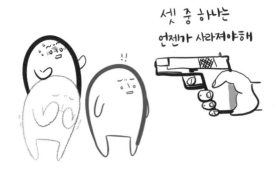

그렇다면 나는 잘하는 걸 포기하고 싶다.

이 어설픈 나는 무엇일까?

일단 오늘은 포기하지 않는 사람이다!

◆ ◆ ◆

예전에는 완벽한 아마추어였다면 요새는 어딘가 다 어설프다.
이렇게 얼기설기 살아도 괜찮은 걸까?

하지만 오늘의 나는 포기하지 않는다.

#19

틈 사이에서
살아가기

내 빰을 후려쳤던 날을 기억한다.

나.. 지금
왜이러지...

내가 있을 틈을 만들기 위해 아등바등하던 때였다.

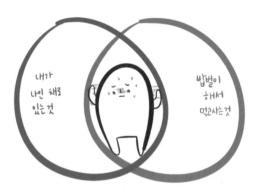

내가
나인 채로
있는 것

밥벌이
해서
먹고사는 것

나는 날이 잔뜩 서 있었고

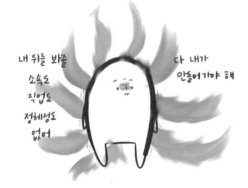

내 뒤를 봐줄
소속도
직업도
정체성도
없어

다 내가
만들어가야 해

틈 사이의 압력은 내 마음을 짓눌렀다.

사소한 일도 사소하지 않았다.

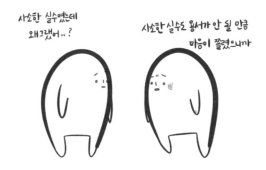

내가 먹고살 길을 스스로 마련한다는 건

정말로 쉽지 않다.

나를 갈아넣어 겨우 만든 이 틈 사이에서

나는 살아남는 게 아니라 살아가는 삶을 꿈꾼다.

살아간다는 건 출근하면 향을 피워 공간을 채우는 것.

꼭 필요하지 않은 일에도 마음을 쓰는 것.

흔들리는 게 무너지는 건 아니라고 믿는 것.

사소한 실수에 내 뺨을 치는 대신

나를 다독이는 것.

내가 만든 이 틈 사이에서 작은 씨앗처럼 살아가기로 한다.

오늘 나는 여기 뿌리 내려서

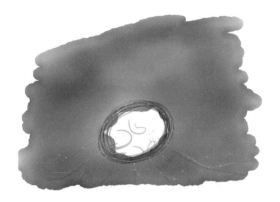

번성하는 꿈을 꾼다.

◆ ◆ ◆

내가 겨우 만든 이 틈 사이에서
나는 살아남는 대신 살아가고 싶다.

이 엉성한 틈 사이에서
일상을 만들고
뿌리를 내려서
번성하는 꿈을 꾼다.

2부

내 마음
너머의
마음

이리와
내게 기대

나는 친구를
사귀고 싶다

최근 1년 새 새로운 사람들을 참 많이 만났다.

친구가 될 수 있을 것 같은 사람들을 만나는 건 즐거운 일이었지만

또 한편으로는 아쉽고 서글프다.

나는 알아가고 싶고

실망하게 되더라도

좋아할 수 있는 기회가 주어지는 관계를 만들고 싶다.

친구가 되는 건 수채화를 그리는 것만큼 어려운 일이다.

한 번에 완성되는 게 아니라 칠하고 마르는 시간도 필요하다.

잘못된 시도가 아닐까 떨릴 때도 많고

때로 돌이킬 수 없는 실수를 하기도 하지만

또 때로 그 불완전함이 둘 사이의 특별함이 되기도 한다.

그래서 떨렸던 일들이 즐거운 장난이 되는 게 좋다.

시간과 마음과 노력이 따르는 이 특별한 경험을

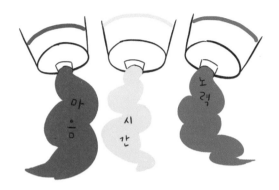

더 이상 하기 힘들어진 나이가 된 걸까?

지금부터는 대부분의 관계가 스케치에서 끝나게 될까?

아니면 우리가 우연히 만들어낸 접점이

아주 느리더라도

언젠가 무엇이 될 수 있을까?

✦ ✦ ✦

친구는 몇 살까지 만들 수 있는 걸까?
다들 사회에 나오면 진짜 친구를 만들기 힘들다고 하는데
친구를 사귀고 싶은 마음은 없어지지 않는걸.

나는 여전히 좋은 새로운 사람들을
많이 만나게 되는데,
우리가 친구는 될 수 없는 걸까?

아니면 우리의 이 우연한 접점이
아주 느리지만 오랫동안 이어진다면
언젠가 우리도 무엇이 될 수 있을까?

나는 좋아하면 다가가는 편이고

철벽이 쳐 있다면

두드리는 편이다.

그러다가 왠지 항상 나만 먼저 다가가는 것 같으면

괜히 토라졌었어.

너는 침묵했고 나는 답답했지.

나는 네가 하고 싶은 말이 없는 줄 알았지.

수많은 말들 속에서 헤매고 있는지 몰랐어.

다가오지 않는 네가 얄미웠는데

네가 일어날 줄 모른다는 걸 몰랐어.

나는 내가 없어야 네가 편할 줄 알았어.

철벽 뒤에서 혼란스럽고 외로울 줄 몰랐지.

만약 내가 그걸 알았더라면

너에게 화내는 대신

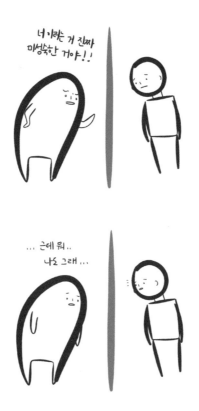

네 곁에 앉아 있었을 텐데.

✦ ✦ ✦

어쩌다가 이런 순간이 온다.
내가 얼마나 많은 오해 속에 살았는지
알게 되는 순간.

도저히 이해가 안 되던 상대의 행동이
퍼즐처럼 맞춰지며 이해가 되는 순간.

미안한 마음이 들었다.

알았더라면,
이해할 수 있었더라면.

나는 너의 마음을 알 수 없다.

내가 알 수 없는 그 미지의 영역은

종종 나를 불안하게 했고

아...
내가 그 말
했을 때
표정이 좀 안 좋아지는거
같았어...

신경 쓰이게 했어.

어떤 날은 그냥 물러나고도 싶었어.

이런 마음을 다 얘기하는 게 구질구질하게 느껴졌거든.

서로의 꼬인 마음을 알아가는 것도

내가 둔감한 부분을 배려하는 것도 어려운 일이야.

그래도 우리는 포기하지 않고 서로에게 마음의 조각을 던졌던 거야.

더 이상 내 마음 너머의 마음이 걱정되지 않을 때까지.

서운한 일이 생겨도 말할 수 있으리라는 믿음이 생길 때까지.

난 참 긴 시간이 필요했어.

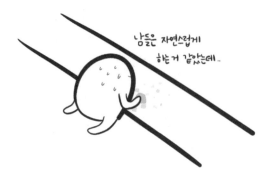

너에게 난 그 작은 길을 만들기까지.

내 마음 너머의 마음은 알 수 없지만

너도 네 마음 너머를 알 수 없겠지만.

. . .

누군가와 관계를 맺는다는 건
쉽지 않은 일이었다.
(어쩌면 쉽지 않은 친구들만 사귀었는지도 모르겠다.)

누군가와 이렇게 친구가 된 건
내 인생에서 제일 잘한 일들 중 하나다.
자랑스럽다!

우리는 여전히 서로에 대해 모르고
오해하는 부분이 있을 거고
서로를 서운하게 하는 순간들이 있을 테지만

오해를 풀고,
서운함에 대해 이야기하고,
서로에 대해 바로 알아갈 수 있는 순간들도
분명 있을 거라는
믿음이 생겼다.

우리는 결혼한 지 3개월, 같이 산 지 2년이 되었다.

결혼은 너와 내가 가족이 되는 일이라고 했지만

그 의미를 잘 몰랐을 수도 있겠다.

155

2년을 같이 살고 나니

네가, 우리가 가족이라고 느껴진다.

문을 열고 들어서면 나는 우리 집 냄새.

화를 내는 방식.

하루가 나뉘는 시간.

저녁 상차림까지 달라지고 있다.

단순한 너와 나의 더하기가 아니라

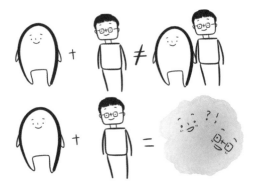

새로운 무언가가 되고 있다.

며칠 전 우리는 연휴로 지쳐 있었다.

너와 나 따로 있었다면 그 시간에 무엇을 했을까.

함께 있는 우리는 불을 끄고

춤을 췄다.

그렇게 새로운 가족은 힘들 때 춤을 추기로 했다.

♦ ♦ ♦

네가 나를 바꾸고
내가 너를 바꾸는
그 시간을 통해
전에 없던 가정이 생겨났다.

새로운 가족은 힘든 날 춤을 추기로 했다.
나는 너와 만든 이 가족이 좋다.

할머니가 입원해 계시는 덕에
우리 집은 처음으로 제사를 지내지 않았다.

명절 전인데 집에 긴장감이 없고

엄마는 평생 그토록 바라던 '명절에 놀러가기'를 한다.

착한 손녀라면 할머니를 찾아뵈어야겠지만

대신 나는 집에서 이런 생각을 한다.

할머니는 나에게 더없이 좋은 할머니였지만

아빠는 할머니를 사랑하지 않으면 안 됐기에

그 사랑은 때로 싸움이 되어 터졌다.

그래서 나는 일생 동안 단 한 번도 할머니를 좋아할 수 없었다.

아무것도 모르실 할머니에게 모든 걸 얘기하고 싶다가도

화를 내기엔 이미 너무 애처로운 존재였고

차라리 사랑하고 싶다가도

그러기엔 엄마를 너무 괴롭게 한 사람이었다.

할머니를 마음 놓고 좋아할 수 없는 이 상황에 화를 내고 싶지만

도대체 누구에게 내야 하지?

모두가 가엾은걸….

모두의 탓이자
누구의 탓도 아닌 그런일…

그렇게 나의 분노는

할머니는
왜 불쌍할 수밖에
없었고 !!

왜 아빠는
할머니에 대한
사랑을 강요했고 !

왜 엄마는 할머니를
미워할 수밖에 없었고 !
왜 고부갈등이 있어야만 했고 !!
사과해야만 했고 !
내가 그 히스테리를
받아내야 했는지 !!

길을 잃고 부스러져 내린다.

…. 이해가 가

아빠는 왜
사랑을 강요했지
왜할머니에대한

도 불쌍할 수밖에
할머니 미워할 수밖에없었는지
사과를 햇고 없엇고 고 할머니를

할해줘야만 를 히스테리를 할머니는
했는지 받아내야 엄마는
없엇고고리 내뱉고 할머니를 !

◆ ◆ ◆

할머니의 부재로 인해
처음으로 긴장감 없는 명절 주간을 맞이하자
나는 화가 난다.
왜 지금껏 이렇게 살지 못했는지.

차라리 우리가 남이었다면
모른 척 사랑하거나
대놓고 미워하거나
덮어놓고 욕하거나
아무렇지 않게 용서했을 텐데.

06

사랑과 상처는
서로 지울 수
있나

나는 어버이날 문화와 잘 섞이지 못한다.

부모님에 대한 나의 마음은 복합적인데

어버이날이라고 그중 일부만 표현해야 하는 것이 싫었다.

아마도 원래 취지는 이런 것이었겠지만

나는 내 안에 부모님이 차지하는 비중과

부모님 안에 내가 차지하는 비중이 다른 걸 늘 느끼며 살았기 때문에

어버이날 편지에 뻔한 말 쓰기가 그렇게 싫었다.

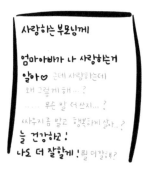

아, 그러다 어느 해에는 좋은 부분만 쓴 적이 있었는데

엄마가 그 편지를 보관한 걸 우연히 발견하고 놀란 적이 있었다.

엄마도 때로 그런 말들이 필요한 걸까?

그렇다면 "내 가족" 운운하며 분노를 표출하던 아빠도

자기 전에 반성을 하는 밤이 있을까?

지금까지 잘해준 게 얼마나 많은데 그걸 다 잊었냐고 하지만

사랑으로 상처를 지울 수 없고

상처로 사랑을 덮을 수도 없더라.

사랑과 상처가 덧셈 뺄셈이 가능했다면

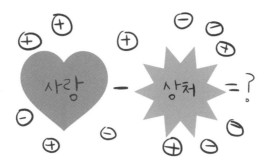

지금 우리에게 남은 것은 과연 사랑일까, 상처일까?

◆ ◆ ◆

어버이날 편지를 쓸 때
미웠던 것, 상처받았던 건 모두 지우고
좋았던 것만 쓰는 게 참으로 곤욕이었다.

상처보다 사랑받은 게 더 크다면
부모님을 좋아해야 하나?
사랑보다 상처받은 게 더 크다면
부모님을 미워해야 하나?

사랑은 상처를 지우지 못하고 상처는 사랑을 덮지 못한
그런 어버이날.

173

07

맏이도
병인 양
하여

나는… 병이… 있구나….

이거„순..
병이다..
병이야 …

맏이라는… 병이 있었구나….

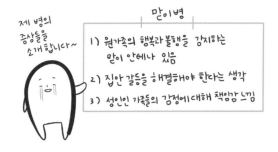

제 병의
증상들을
소개합니다~

맏이병

1) 원가족의 행복과 불행을 강지하는
맘이 안에나 있음
2) 집안 갈등을 해결해야 한다는 생각
3) 성인인 가족들의 감정에대해 책임감 느낌

불화한 가정의 맏이는

싸움의 시나리오를 꿰고 있기 때문에

그 전에 작은 싸움을 일으켜

큰 싸움을 막았다.

저번 주말에도 습관처럼 그 짓을 하려다가

문득 내가 뭐 하고 있는 건가 싶었다.

우리 가족은 모두 성인이고

심지어 나는 내 가정이 있다.

나는 가족이 행복하기를 원하지만

불행에서 벗어나고 싶어 하지 않는 사람들을

끌고 나올 책임은 나에게 없다.

각자의 행복과 불행은

각자의 선택인 것이다.

자, 그러니 나도 이제 벗어나야겠다.

맏이라는 병에서.

내 문제가 아닌 일을
내 문제라고 생각했다.
해결할 필요가 없는 일들을
해결해야 한다고 느꼈다.

벗어나자.
처음부터 내 것이 아니었던 책임에서.

08

힘들다고
말하는 게
힘들지

상담 선생님은 내가 힘든 걸 힘든 만큼 표현을 못한다고 했다.

나는 충분히 말하고 있다고 생각했는데….

왜냐하면 내 주변 친구들과 비교하면 많이 말하는 편이었으니까!

강인한 친구들과 함께 자라다 보니

힘든 일의 기준이 높아지는지도 모른다.

이제는 각자 다른 삶과 고민을 안고 있기에

이해를 위해서 더 많은 노력이 요구되는데

사실 나도 내가 어떻게 힘든 건지 스스로 이해가 안 될 때도 많고

각자 삶의 무게가 가볍지 않은 게 빤히 보이는데

내 무게라도 더 보태지 않아야겠다는 마음도 있겠지.

그래서 우리는 힘든 일이 다 지나가고 난 뒤에야

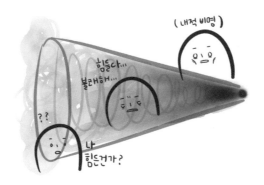

작은 조각만을 나누는 것인지도 모른다.

하지만 때로 궁금해진다. 힘든 바로 그 순간 너도 내가 생각나는지.

누구도 걱정시키지 않는 것에 익숙해진 우리에겐

서로에게 폐를 끼치는 연습도 필요한 건 아닐까?

그렇다면 우리는 더 가까워질까 멀어질까?

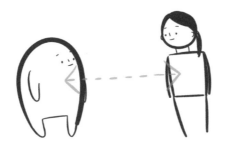

조금 더 서로에게 질척이는 관계가 된다면 어떨까?

◆ ◆ ◆

진짜 나는 내 친구들에 비해
엄청나게 하소연을 많이 하고
드라마틱하게 한탄을 늘어놓는 편이라서
"힘든 걸 힘든 만큼 표현을 못하는 것 같다"는
상담 선생님의 말에 '정말 그런 걸까?' 싶었다.

오늘의 일기를 그리며
내 친구들이 어떤 면에서는 놀랍도록 비슷하다는
생각이 들었다.

조금 더 서로에게 기댈 수 있으면 좋겠다.
나도 너에게.
너도 나에게.

09

너라는
나의 가족

나는 새로운 가족이 생긴 게 여전히 신기하다.

내가 선택한 사람이 가족이 될 수 있다니!!!

끝나지 않을 관계를 상상해도 된다니 신기하다.

매일 웃으며 집으로 돌아오는 사람이 있는 건,

장 보고 돌아오는 푸르스름한 저녁,
아이스크림을 나눠 먹을 수 있는 건,

서로의 자잘한 일을 같이 고민해주는 사람과

잠들기 전까지 이야기하다가

아침이면 지난밤 꿈과 잠꼬대로 시시덕거릴 수 있는 건,

너라는 가족이 있기 때문이야.

너의 시름이 나의 시름이 되는 것은 힘든 일이지만

그 시름을 네가 혼자 견디지 않아도 돼 다행이야.

서로 기대고 있으면 무겁지 않을까 두려웠는데

등에 실린 무게에서는

체온이 느껴지는 걸 알았어.

그 따뜻함이 우리를 연결하고 있다는 걸 알았어.

더 이상 이 삶을 혼자 버티지 않아도 된다는 걸 알았어.

고마워, 너라는 나의 가족.

♦ ♦ ♦

어젯밤 문득
너랑 가족이 되어 좋다고 하니
네가 왜냐고 물었지.

이게 나의 대답이야.
아주 수많은 대답들 중 일부야.

#10

**우리의
관계는 막
시작되었다**

결혼 후 첫 명절, 너는 언제나처럼 홀로 집으로 향한다.

너희 가족의 문제를 해결하기 위해

나는 배려 넘치는 무례함과 마주하고 싶지 않고

시댁과 명절로 시작되는 돌림노래를 시작하고 싶지 않았다.

너는 나와 사귀는 내내 부모님께 말해왔다.

만약 이게 싸움이라면,

나는 잃을 게 없는 싸움이라는 걸 알았다.

의외로 시부모님은 부드럽게 받아들이셨다.

나는 약간 놀랐지만

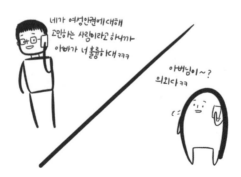

고맙지는 않았다.

고마워해야 하는 일인가?

이 일을 통해 시부모님과 특별히 더 친해진 것도 아니다.

다만 사람 사이에 친밀한 관계를 맺기 위해 필요한 수많은 단계 중

아주 기초적인 단계를 넘었을 뿐이다.

너의 가족이라는 이 낯선 가족.

우리의 관계는 막 시작되었다.

＊＊＊

나는 결혼 후 첫 명절이자
공식적으로 앞으로 내가 명절 행사에
참여하지 않을 거라는 걸 알리는 설이
어떻게 지나갈지 매우 궁금했다.
전쟁의 시작이 될지, 어떤 반응을 보이실지 등등.

의외로(?) 돌아온 것은 존중이었다.
그렇게 우리는 서로 관계를 맺을 수 있는
최소한의 단계를 넘어갔다.

고맙지는 않지만 나쁘지는 않은 그런 시작이었다.

그날 이후 정말 많은 이들의 걱정과 다르게
나와 시부모님은 잘 지내고 있다.
나는 시부모님 앞에서 억지로 '며느리 코스프레'를 하지 않는다.
그렇다고 억지로 싫어하려고 밀어내지도 않는다.

보통의 인간관계처럼 웃기면 웃고, 궁금한 건 물어보고, 불편하면 내색하고,
전혀 신경 안 쓰고 살 때도 있고, 또 괜히 안부 전화를 할 때도 있다.
그렇게 한 걸음씩 조심스럽게 서로의 안색을 살피며 가까워지고 있다.

#11

**잡아줘,
내가
자유로울 수
있게**

예전에는 가고 싶은 길보다는 안전한 길을 선택했어.

호기심도 많았지만

또 그만큼 겁도 많았거든.

나는 넘어져서 혼자 울게 될까 무서웠어.

그래서 널 만난 이후에야 기다렸다는 듯 모난 길들을 가봤나 봐.

나는 돌부리를 보는 사람이었는데

너는 나를 봐주는 사람이었거든.

네 눈 속에서 나는 성별도 나이도 어떤 것도 없이

오로지 나로만 있었어.

200

나는 여전히 겁이 많지만

무서울 때 돌아보면 네가 있어.

돌아갈 곳이 있으니까

나는 멀리 가는 게 무섭지 않아졌어.

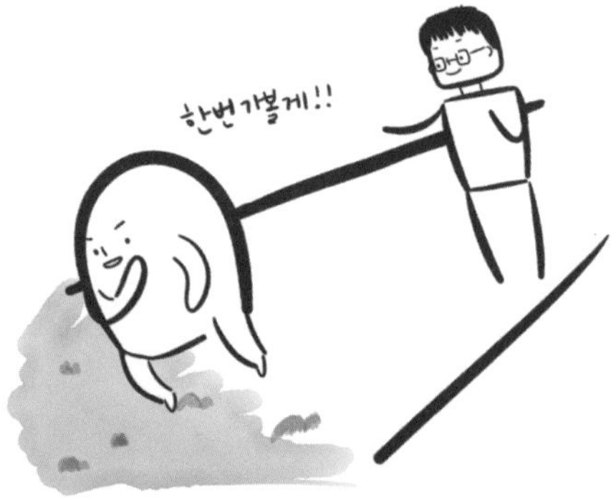

네가 나를 잡아줄수록 나는 점점 더 자유로워져.

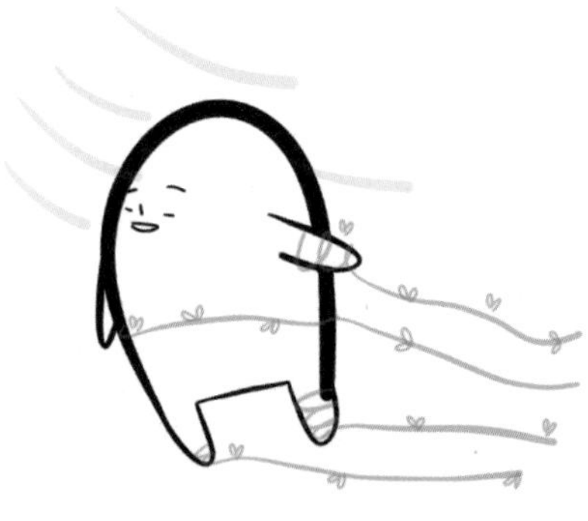

그러니 꽉 잡아줘.

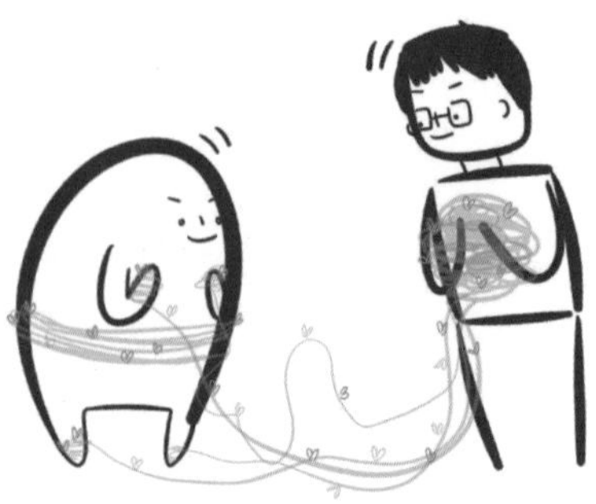

나는 아주 멀리 가보고 싶어.

✦ ✦ ✦

누가 결혼하면 자유는 없다고 했던가.
나의 자유는 너를 통해 증폭되었어.

내일부터 나는 오랫동안 준비했던
새로운 시작을 할 거야.
나를 꽉 잡아줘.

내가 아주 멀리 갈 수 있도록.

12

**기대고 싶은
마음**

이런 말을 자주 듣는다.

하지만 나는 믿음직한 게 아니라

외로운 거야.

너의 눈물이 보이는 건

나도 울고 싶기 때문이지,

위로할 수 있는 능력이 있어서가 아니야.

겨우 버티고 서 있는 걸

강하다고 말하지 말아줘.

봐달라고 칭얼거리지 못하는 건

나도 네가 보여서야.

섣부른 다정함에는 응할 수 없어.

내가 쏟아져버릴까 봐.

그러니 혹 네가 나한테 기대고 싶다면

나에게도 너의 어깨를 내어 줘.

쉽지 않은 일이겠지만

가끔은 그래줬으면 좋겠어.

나도 기댈 곳이 필요하니까.

◆ ◆ ◆

다정해서 나도 모르게 기대고 싶은 사람들을 볼 때
저 사람은 누구에게 기대고 살까 궁금해진다.

믿음직해 보이는 나는 요즘
누구에게 기대고 있을까.
나도 어딘가 기대고 싶은가 보다.

13

**위로하는
존재들**

사람이 살면서 상처를 피할 수 있을까.

누군가는 의도치 않게,
또 누군가는 악의를 담아 나를 치고 간다.

때로 마음을 닫아버리고 싶다.

힘들다고 털어놓을 기력도 없어지는 그런 순간

찾아와 마음을 두드리고 가는 사람들이 늘 있다.

때로는 공감하는 마음이

때로는 화내는 마음도

때로는 시나 음악도

위로가 된다는 것을 알았다.

때로 서툰 말과 시도가 와닿지 않을 때도 있었지만

그 뒤에 있는 마음은 늘 반짝이더라.

마음이 밝은 날에 스쳐 지나갔던 그 마음들은

마음에 어스름이 내린 날

별처럼 빛난다.

열어두면 날벌레가 날아 들어올 때도 있겠지만

나는 이 문을 닫아놓지 않기로 했다.

❖ ❖ ❖

우리가 완벽하기 때문이 아니라
너무도 부족하기 때문에
서로에게 위로가 된다.

#14

이 낯선
여행을
너와 함께

나는 늘 네가 낯설다.

너를 만난 건 운명이 아니라

운명에 도전하는 일이었다.

그래서 나는 행복하지만

넌 참 따뜻하구나

종종 여기가 내가 있을 곳이 맞을까 싶을 때도 있다.

하지만 난 사실
진흙 속에 있어야 하는
존재는 아닐까...?

서방지렁이 타죽네...

서로 다른 사람들이 만난

어릴때
무슨 책
좋아했어?

과학서적!

중간 지점은 둘 다 낯선 곳이라

우리는 늘 여행자의 마음이 된다.

사귄지 5년이나
됐는데
난 아직도 이 관계에
적응을 못한거 같아

때로는 고향이 그리워질 때도 있다.

나에게 익숙한
즐거움과 고통이
그리워 질 때가 있어..

그런 날이면 이 여행이 얼마나 갈지 궁금해진다.

완주하는 것이 우리의 목표는 아니다.

대신 이 여행에서 우리는 거짓이 없기로 약속했다.

결혼했기 때문에 함께하는 게 아니라

매일의 선택으로 함께하자고 다짐했다.

영원히 적응할 수 없고 낯설더라도

그게 여행의 아름다움일 테니까.

멀리까지 함께 가는 여행이 되기를.

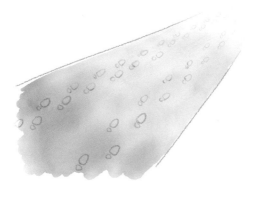

♦ ♦ ♦

우리는 이 여행을 어디까지 함께할 수 있을까.
우리는 어떤 속도로 어떻게 가길 바라는 걸까.

우리가 서로 원하는 방향으로, 가장 멀리까지 가면서
그 길을 충분히 즐기며 나아갔으면 좋겠다.

그리고 언젠가 너와의 이 여행이
나의 새로운 고향이 되었으면 해.

15

너에게 꼭
이 말을
해주고
싶었어

넌 정말 특별해. 그걸 네가 알까?

좋은 사람들은 다들 널 알아볼 거야.

네가 돌아보기만 하면, 너도 그게 보일 거야.

네가 뭔가를 잘해서가 아니야.

흠이 없어서도 아니야.

그 흠까지 포함된 너라서 좋은 거야.

그러니 누가 널 두드리는 걸 두려워하지 마.

너를 평가하기 위해서가 아니라

너를 더 알고 싶어서 그런 거니까.

진짜 너를 보게 되더라도

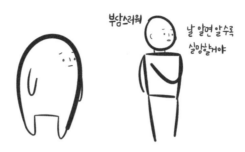

널 더 좋아해줄 사람이 많을 거야.

인정보다는 사랑을 더 많이 받기를 바랄게.

편안한 마음으로 그 사랑 받기를 바랄게.

지금 이 이야기가 와닿지 않더라도

괜찮아.

난 그것도 좋아.

그냥 너한테 꼭 말해주고 싶었어.

* * *

이 이야기는 내가 좋아하는 너를 위해.
이게 자기 이야기인 줄 모를.

#16

좋은 사람
....
보다
....
진실한 사람
....

솔직히 나는 늘 좋은 사람으로 보이고 싶다.

나쁘게 보일 모습은 보이고 싶지 않고

모르는 사람에게 욕먹고 싶지 않다.

누군가 나를 나쁘게 생각하면 어떡하나

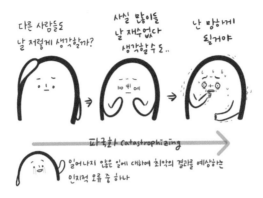

걱정하며 사는 거 정말 피로하다.

내가 어떻게 보일지만 신경 쓰다 보면

정말 내가 누구인지 외면하게 된다.

무엇을 두려워하는 사람인지

무엇을 원하는 사람인지

나를 찾아가는 자유가 제한된다.

누군가는 나를 좋게만 보고, 누군가는 나를 나쁘게만 볼 테지만

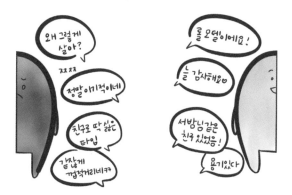

나는 사실 그 중간 어디거나

그 모든 것이다.

나쁘고 싫고
재수없고
이상한 모습도

정말로 사실이야

좋은 모습들이
정말로 사실이듯

결과를 좀 더 담담히 받아들이고 싶다.

참..
공격적이구나...

정말 자기중심적이야

꽤 섬세한
면도 있지

그 모든 나를 거리낌 없이 만나고 싶다.

누군가는 내
어떤 일부를 보고
나를 싫어해도

그건 자연스러운
일이야

... 물론 기분은 안 좋지만 ...

나는 좋은 사람처럼 보이는 사람이 아니라

진실한 사람이 되는 연습을 하고 있는 중이다.

♦ ♦ ♦

나는 남들에게 어떻게 보이는지 중요하다.
하지만 그보다 내가 더 중요하다.
내가 지금 느끼고 경험하는 것을
외면하지 않고 있는 그대로 받아들이고 싶다.

좋은 사람처럼 보이는 사람보다
좋게 보이는 사람보다
좋은 사람이 되는 것보다
진실한 나를 만나는 연습을
제일 먼저 하고 싶다.

3부

잘하지
않아도 되는
삶을 위해

올해 나는 바보 같은 짓들을 감당하고
무엇이 최선인지도 모를 곳으로 갈 수 있을
정도로 컸구나

#01

나의
....
작은
....
감정 그릇
....

사람의 마음에는 감정을 담는 그릇이 있는 것 같다.

텅 비어 있으면 인생이 메마르고

너무 많으면 넘쳐 흘러버리는 감정 그릇.

나의 감정 그릇은 아주 작은 것 같다.

멀쩡하다가도

툭하면

철철 넘쳐버린다.

'왜 이만한 일로 그러는 거지?' 생각하는 순간

작은 그릇은 깨져버리고

나는 혼자 소리를 지르거나 물건을 던진다.

이런 날이면 멀쩡했던 날들이 위선처럼 느껴진다.

나 제정신일까...

내가 원하는 모습은 이게 아닌데

나는 저런 모습이고 싶어

살다보면 이럴수도 있지...

평정심

이성적

차분

침착

239

그렇다고 덮어놓고 사는 삶으로 돌아가고 싶지는 않아.

나에게 흘러오는 이 감정들을

피하지도

잠겨버리지도 않게

다 담을 수 있는 큰 그릇이 필요해!

노오아
멘탈붕다운!!

키우자
감정그릇!!

◆ ◆ ◆

서밤은 올해 감정 그릇을 키우기로 다짐했다.
그것은 그녀의 19809578번째
멘탈 브레이크다운이 있은 후였다.

훗날 돌아봤을 때 이 일기가
내가 얼마나 멀리 왔는지 알 수 있는 지표가 되어주기를 바라며!

02

괜찮아,
힘든 날도

좀 엉망이면 안 돼?

이리와
힘든 내 옆에 앉아봐

사랑이 살다 보면
힘들어질 때가 있어

힘들어도 할건 해야지...

왜 힘든거야! 고쳐야해!!

힘든거 고치겠다고 애쓰다가 소진

힘든걸 인정 못해 소진되었던 지난날을 봐...

창고 꾸역꾸역 일하다가 소진

소진되지 않으려면 힘들다고 퍼져 있는 시간도 필요해....

하지만 이러면 일을 많이 못 하게 되잖아

그럼 어떻게
되는데...?

나는 망하고
세상에 발붙일곳이
없어질 거야...

그렇게 절박한 마음이어야
유지되는 삶이라면
망해야지

힘든 채로
조금 퍼져 있어도
괜찮을까?

괜찮아

그러다
남들을
실망시켜요..?

괜찮아

언제까지
이래도 돼…?

다시 힘이
찰 때까지

그럼 아주 천천히
가는데요...?

괜찮아
오래 가면
되니까

그렇구나
다 괜찮구나...

힘들다

다시 힘이 날 때까지
누워서 기다려야겠다

◆ ◆ ◆

괜찮아.
힘든 날도.

가만히 있다 보면
또 힘이 날 거야.

힘을 빼고
천천히 흐느적흐느적
오래가자.

요새 나는 외롭다.

아무리 아니라고 생각을 해봐도

아무래도 그런 것 같다.

내가 하는 말들이

상대에게 전해진다는 확신이 없어서일까.

나의 애정이

상대에게 귀찮은 건 아닌지 걱정이 들어서일까.

어디에도 가닿지 못한 말과 애정이

마음속에서 삭아 외로움이 되는지도 모른다.

외로움이 놀랍지는 않을 나이가 되었고

해결하려 할수록

더 깊이 빠진다는 걸 알아.

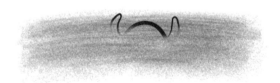

평정심을 가장하고 있지만

갑자기 나를 훅 치고 가는 느낌이 든다.

누구와도 나눌 수 없는

오롯이 내 몫의 외로움과 함께

집으로 돌아가는 길.

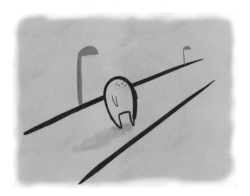

그 외로움에 대하여.

◆ ◆ ◆

어떤 날은 분명 별일 없었는데
집에 가는 길, 외로움이 한기처럼 파고 들어
마음을 치고 가는 날이 있다.

나는 이 외로움을 없애는 법도
견디는 법도 잘 모르겠다.
다만 외로운 날이면 지나가는 사람들의 얼굴을 찬찬히 살펴본다.
저 사람도 외로워 울 것 같은 마음으로 집으로 돌아가는 날이 있었겠지.

오늘의 나처럼.

#04

화가 나면,
어쩔 수 없지

나는 참 화가 잘 난다.

아마도 남들보다 조금 더.

'나는 감정조절이 잘 안 되는 걸까?'라고 생각하면
또… 화가 난다….

나의 소박한 목표는 화에 집어삼켜지지 않는 것.

쪼르르 흘려보낼 수 있게
마음의 도랑이 있는 사람이라면 좋을 텐데.

지금 내 마음에는 도화선만 가득한지도 모른다.

자꾸 문제를 해결하려는 마음이

화를 더 깊어지게 만드는 걸까?

어쩌라고 싶은 순간에

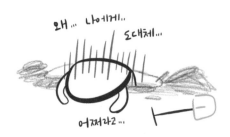

어쩔 수 없지, 놓아버려야 하는 걸까.

나는 참 체념하는 걸 싫어하는 사람이었나 보다.

분노로 내가 터지더라도..
다른 방법을 몰랐어...

그래서 흘려보내지 못하고 잡고 있었나 보다.

해결되면!!
그때 보내줄게!!!!

흘려보내려면 나의 무력함을 인정해야 하는구나.

거대한 화를 만들지 않으려면

내가 아주 작은 사람인 걸 알아야겠구나.

그렇게 한숨 한 번 내쉬어서

이 불꽃을 꺼야지.

♦ ♦ ♦

화가 내 어깨를 치고 갈 때
멱살을 붙들지 말고
'어쩔 수 없지' 하고
보내줘야겠다.

한숨 한 번 내쉬고
나의 무력감을 인정하고. 후-

#05

슬퍼서
늦잠 잔 날

오늘은 슬퍼서 늦잠을 잤다.

어쩌면 나는 쉬어야 해서

슬퍼지는 것인지도 모른다.

슬픔이 나를 쉬게 해주는 것처럼

슬픔에 잠기면
힘들 때
무리하지 않게 돼

내가 싫어했던 나의 다른 마음들도

내게 필요했기 때문에 찾아왔는지도 모른다.

263

외로움은 내 마음의 문을 열어줬다.

분노는 나를 지켜주는 힘이 되고

불안함은 나를 성실하게 먹여 살려준다.

히스테릭함은 나를 표현할 수 있게 해줬고

혼란스러움은 나를 풍성하게 해줬고

구체적인 자기혐오는

나를 구체적으로 사랑하게 해줬다.

괜찮아
그럼 어디서부터 시작해야 할지
이미 알고 있는거니까

나는 이제 이 감정들을 억지로 밀어내지도

밀어내려고 하는거
그게 더 힘들고
더 많은 문제를 야기했어..

부끄러워하지도 않기로 했다.

물론 여전히
이런 나를
받아들이기
힘들지만

지금부터라도
노력해봐야지

오늘의 감정을 받아들이기로 한다.

그 감정이 지나갈 때까지.

♦ ♦ ♦

오늘은 슬퍼서 늦잠을 잤다.
슬프면 기운이 나지 않는다.
기운이 나지 않아서 가만히 있으니까
다시 기운을 낼 기력을 모을 수 있다.

다른 감정들도 다 각자의 쓸모가 있는지 모른다.
억지로 떼거나 밀어내는 대신
가만히 받아들이면
저마다의 방식으로
부드럽게 나를 두드리고 지나간다.

06

두려움을

이야기해

너와 나는 사랑하지만

우리의 사랑은 각자의 두려움을 품고 있다.

나는 때로 답이 두려운 질문을 하고 싶을 때가 있다.

나는 네가 안정적인 게 좋았는데

내가 좋아하는 게 변하는 날도 오지 않을까?

네가 이해할 수 없는 나의 부분이 점점 더 커지면 어쩌지?

단지 헤어지는 게 두려워 헤어지지 못하게 되는 걸까?

완벽한 관계는 없는 게 당연한데

지금 채워지지 않은 부분들이 중요해지는 날이 오면 어쩌지?

이런 질문들은 나의 근간을 흔드는 것 같다.

이 모든 두려움을 마주하는 것이 두렵다.

도망치고 싶다.

하지만 도망친다면 그건 너로부터 도망치는 게 될 거야.

그 결론이 서로 멀어지는 것이라 해도

괜찮고 안정적인 관계를
걸게 되더라도
나는 알고싶어

너랑 가까워지고 싶어, 다 보고 싶어.

지금 이 관계에서
느끼는 게 뭐야?

그러니 지금 우리 서로의 눈을 피하지 말고

두려움을 이야기해.

이런 삶도
이런 관계도 처음이니까
잘 모르겠어
답을 모를 질문들이 날 두렵게 해

◆ ◆ ◆

우리는 이 관계가 소중해서 깨질까 두려워한다.
그래서 두려움을 피하려고 한다.

하지만 두려움을 피한다면
서로의 진실과 점점 멀어질 거야.
거짓되고 평화로운 관계와
진실되고 불편한 관계 중 선택하라면
나는 너와 진실하고 싶어.

서로의 두려움을 이야기해.
그게 내가 아는 두려움을 떨쳐내는 유일한 방법이니까.

07

다만
사랑하는
일

요즘 이런 슬픈 이야기를 많이 듣게 되었다.

평범하게 사랑하던 사람들이

서로 상처 주며 헤어지는 이야기들.

우리는 사랑을 통해 서로의 세계를 보게 되는데

문득 얼마나 다른 세계였는지 발견하게 된다.

상대가 나의 세계를 보지 않을 때

우리는 괴로워진다.

그 상대가 다른 사람이 아니라, 연인이라서.

연인은 이 세상 다른 고통은 몰라도

나의 고통을 제일 먼저 바라봐주는 사람.

내 세계의 기쁨과 함께 분노까지도 나누는 것이 사랑.

한발 물러나고 싶다면, 남으로 돌아서는 것.

연인이란 누군가 나를 해칠 때 내 편이 되어주는 사람.

그게 세상과 맞서는 일일지라도

홀로 남겨두지 않는 것.

이해할 수 없는 곳이 두려워도

연인 곁에서 손을 잡고 싶은 것이 사랑.

다만 사랑하는 일.

♦ ♦ ♦

페미니즘이 거창하게 느껴질 수 있겠지만
나에게는 내가 느껴왔던 고통을 인정하는 일이었고
앞으로 있을 고통을 줄여가자는 다짐이었다.

이 고통과 다짐을 누구나 이해할 필요는 없다.
기대하지 않는다.

그러나 내가 사랑하는 너만큼은 나를 이해하고,
이해하지 못해도 노력하고, 지지하고,
두려움 앞에 나를 홀로 남겨두지 않기를 바란다.
내 곁에서 같이 맞서주기를 바란다.

다른 사람도 아닌 너니까.
내가 사랑하는.

페미니즘이 어렵고 불편하고 낯설다면
지금까지 해왔던 걸 하면 된다.

단지 사랑하는 일.

후회스러운 일이 많았다.

길 가다 문득문득 부끄러워지는 일들.

나를 과거로 데려가는 일들.

돌이킬 수 없는데도 마음에 남겨진 일들.

시간은 이미 지나갔지만
내 마음은 다 지나가지 않았어

나는 후회하는 게 싫었다.

바꿀 수 있는 것도 없는데
이랬으면   어땠을까
       저랬으면
절레   절레   그런 마음
              진짜 싫어

그래서 최선에 집착했다.

뭐가 최선이지?
    뭘 선택해야 하지?

하지만 삶은 더 이상 명확하지 않고,

이곳에서 나는 무엇이 최선인지 모르겠다.

그저 그때그때 최선의 진심으로 부딪치려 한다.

모든 도전이 성공하는 것은 아니다.

나는 후회하는 법을 배우고 있다.

취약한 진심을 드러내고

선택의 기로를 피하지 않고

돌이킬 수 없는 일들에 마음을 건다.

그렇게 후회를 통해서만 배울 수 있는 것들을 배우고 있다.

나의 어제는 후회로 얼룩져 있지만
나는 어쩐지 싫지가 않다.

이렇게 낯선 시도를
많이 해봤구나!

다가올 후회들도
어쩐지 두렵지 않다.

나는
후회 없는
완벽한 삶보다

후회하고
어설프고
상처받는
진실한 삶이 좋아졌어

◆ ◆ ◆

안전하지 않은 길을 가는 것은
후회를 감수하며 가는 일이다.

나는 후회할 것이 없는 삶보다
해본 적 없는 실수들을 하고
보인 적 없던 진심을 보이고
새로운 나를 발견하며
후회를 남기며 사는 삶을
더 좋아하게 되었다.

며칠 전 미용실에 가서 결혼했다고 말하니

저 결혼
했어요~

문득 미용사가 나에게 물었다.

근데 머리 이렇게 하면
시어머니가
혼내지 않아?

?!

왜 나의 "결혼했어요"에 이런 질문이 따라오는 걸까?

"결혼했어요"

나의 의미

독립된 가정을 꾸린
성인입니다

어떤 사람들이
받아들이는 의미

며느리예요

어떤 사람들은 나에게 행운이라고 하는데

왜 이것이 행운이 되어야 할까?

나에게 너무나 자연스럽게 기대되는 것들이

왜 너에게 대입해보면 이상하게 느껴질까?

왜 그 누구도 악의는 없었는데

나는 모멸감을 느끼는 것일까?

이를 악물고 다짐했던 삶을 사는 것은

내가 아닌 모습들을 기대하고

나답게 사는 것에 놀라는 시선들 속에서

나의 결정을 지우고 싶어 하는 축하들 속에서

개인의 문제라고 나를 가리키는 손가락들 속에서

일상의 모멸감을 견디는 일.

견뎌내는 일.

이를 악물고 다짐했던 삶을 사는 것은…
이토록 피로한 일.

◆ ◆ ◆

너에게 아무도 묻지 않는 것을
나는 자주 질문 받는다.
어떤 악의도 없었고
아무렇지 않을 수 있는 일상 속에서
나는 모멸감을 느낀다.
때로 나는 공기와 싸우고 있는 듯
피로해진다.

누군가는 이것이 이름 없는 사람들의 이야기라 생각한다.

그러나 누군가에게 이건 본인의 이야기이고

나에게는 내가 사랑하는 사람들의 이야기이다.

나와 친구는 비슷하게 살아왔다.

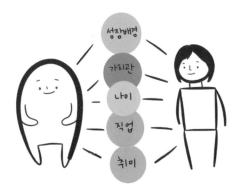

하지만 특정 권리가 나에게만 주어진 것을

우리는 어떻게 받아들여야 할까?

내가 할 필요가 없었던 걱정을 하고

너를 겨냥한 폭력과 만나며 사는 걸

나는 어떻게 위로해야 하는 걸까?

나의 친구는 동정의 대상도 아니고

치료의 대상도 아니고

찬반의 대상도 아니다.

직장을 다니는 나의 친구는 이름이 있다.

때로 마음이 무너지는 나의 친구는 이름이 있다.

무지와 혐오에 맞서는 나의 친구는 이름이 있다.

누구인지 모른다고 아무나가 아니야.

나의 친구는 이름이 있다.

◆ ◆ ◆

이름이 있는 당신이 무너지지 않았기를
나의 분노와 연대를 전합니다.

사회 나와서 또래 여성들과 만나는 경험을 한다.

함께 일할 때 확실히 즐겁고 편하다.

앞으로도 계속 함께 성장하면 멋지겠다고 생각한다.

하지만 과연 얼마나 계속 함께할 수 있을까?

우리는 선배들이 사라지는 걸 보고 있다.

특별해야 겨우 남아 있는 선배들을 알고 있다.

여초로 시작한 집단들도

심리학과 학부 성비

갈수록 이상하게도 성비가 맞아가는 세상을,

센터장, 교수

박사

일하는 전문가

대학원

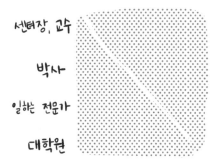

사라진 이들에게는 조소와 연민을 보내는 세상을,

집에서
살림만 할거면
공부는 왜했어...

경력이 아깝다

집에서만 썩니 ㅉㅉㅉ

다른 집 엄마들은
일도 잘하던데

남겨진 이들에게는 죄책감을 씌우려 하고

이래서 여자들이 답답하다고

속 편한 소리 하는 이 세상을 아주 잘 알고 있다.

사라지는 선택을 한 건 아닌데

선택지가 사라지는 세상에 서 있다는 걸 안다.

우리는 나이가 들어도 함께 일할 수 있을까?

자리를 지키고 남아서 후배들을 끌어줄 수 있을까?

서로의 자리를 맡아주고 만들어주면 어떨까?

우리 사라지지 말자는 약속을 하자.

♦ ♦ ♦

부모로 살아가는 것도 가정을 돌보는 것도
물론 매우 중요한 일이다.
하지만 난 그 이야기를 하고 싶은 게 아니다.

나이 들어서도 계속해서 또래 여성들과 일하고 싶다.
가정이 생겨도 아이를 낳아도
서로의 자리에서 사라지지 않고
직업인으로 성장하는 모습을 보고 싶다.

그러니 우리 사라지지 말자는 약속을 하자.

#12

잘하지
않아도 되는
삶을 위해

알았지만 말하지 않았다.

임금 차별
김치녀 ㅋㅋ
개념녀 ♡
가부장제 여자가 드세면 싫어...
유리천장 예민해서 피곤해
너 보통 여자애들 같지 않아 좋아
젠더 폭력
편견

말해도 소용없을 거라고 생각했다.

말로 해서 바뀔 것들이면
말 안 해도 바뀌었겠지...
더러워서
피한다

임금 차별
김치녀 ㅋㅋ
개념녀 ♡
가부장제 여자가 드세면 싫어...
유리천장 예민해서 피곤해
너 보통 여자애들 같지 않아 좋아
젠더 폭력
편견

나만 잘하면 된다고 생각했다.

공부 열심히 해서
똑똑한 사람들만
있는 곳에 가면

성차별 안 받고,
능력만으로 평가 받을 거야!!

그러면 내 인생은,
내 인생이라도 다를 거라고 생각했다.

피했다고 생각했다.

하지만 나는 잘해도 가지 못할 길이 있었고

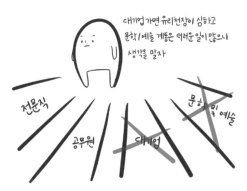

내가 더 잘해야만 똑같은 결과를 얻을 때가 있었고

잘못하지 않았는데 욕먹을 때가 있었고

잘해야 본전이거나

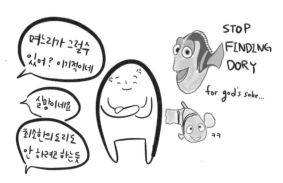

잘해도 불안할 때가 많았다.

나는 잘해왔는데

그 모든 것을 피하기 위해 살아왔던 시간은

정말로 잘해온 시간들이었을까?

이제부터 나는 말할 거야.

잘하지 않아도 되는 세상을 위해.

시작하기 어려운 이야기지만

이미 시작된 이 이야기를 멈추지 말자.

♦ ♦ ♦

2016년 5월 17일, 강남역 살인사건이 일어났다.
그 후로 나는 무엇이 바뀌었을까?

집에는 페미니즘 서적이 늘었다.
친구들을 만나면 페미니즘을 이야기한다.
불편했던 것들에 대해 불편하다고 말한다.

아주 오랫동안 나는 여혐문화 속에서 자랐고
그것이 마치 중력처럼, 눈앞의 산처럼
바꿀 수도 움직일 수도 없는 것이라고 생각했다.
익숙해지거나 나만 피하면서 살면 된다고 생각했다.

그날 이후
나는 지금까지 말해봤자 별 소용없을 거라고 생각해
마음에 담아두었던 이야기들을 하기 시작했다.
이야기하는 것으로 무엇을 바꿀지 모르겠지만
확실한 건 침묵은 아무것도 바꾸지 못할 테니까.

이런 이야기를 할 때마다 들리는
온갖 잡음에도 불구하고
나의 목소리가 반가울 당신을 향해 말하고 싶다.

함께 이야기하자.
우리는 서로의 용기가 될 테니.

너무 싫은 일들이 몰려올 때가 있다.

나에게는 도무지 남의 일이 될 수 없는 그런 일들이

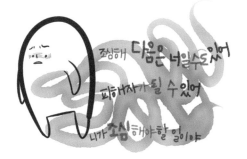

누군가에게는 늘 남의 일일 때

나는 하는 일 없이 마음이 지친다.

이 분노와 환멸이 너무 버거워서

생각조차 그만하고 싶을 때가 있다.

바꿔야 할 것은 너무 크고, 나는 너무 작게 느껴지는 지금

내가 할 수 있는 아주 작은 일들만 떠올려본다.

그렇게 얻을 수 있는 손에 잡히는 행복을 기억해본다.

세상을 바꾸는 방법은 모르지만

지구 폭파해서
다죽고 새로 시작하는거
말고는...

바꾸지 않는 방법은 아니까.

아무것도
안 하면

아무것도
안바뀐다거
그거는 알아

내가 하고 싶고 할 수 있는 것들을

두개 더 남았다!

올해의 목표

☑ 여성주의 상담 워크샵

☑ 상담/임상심리 내 페미니즘 단톡방 개설

☐ 페미니즘 이슈로 갈등하는 연인들을 위한
   심리 워크샵

☐ LGBTQ 상담 세미나

할 수 있는 만큼씩 하는 것이

나를 지켜주리라 믿는다.

어제의 두려움은 오늘의 좌절이 되어 돌아올 때도 있지만

끝끝내 내일의 용기가 되어 돌아오기를.

여기에만
머물면
오래 버틸수
없을 거 같아

지치지 않는 마음으로 머물러주기를.

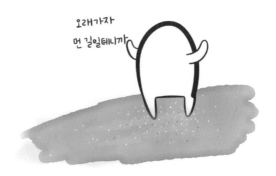

오래가자
먼 길일테니까

♦ ♦ ♦

나는 여기서 포기하지 않고 있을게.
내 손 닿는 곳들은 바꾸려고 해볼게.

무언가 마음 깊이 즐길 수 있던 게 얼마 만이었지?

보통 내 마음은 무언가로 꽉 차 있었다.

해결해야 할 것들, 해야 할 일들, 괴로운 것들.

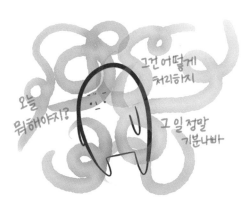

그리고 쓸모 있는 것들.

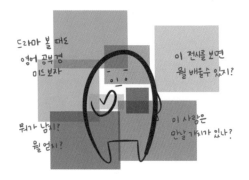

쓸모 있는 것들로만 마음을 꽉 채우면

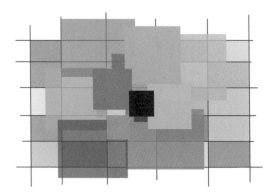

어느 순간 나를 위한 자리가 남아 있지 않았다.

지친 마음은 허물어진다.

허물어져 남은 빈자리에

나는 아무에게도 보여주지 않을 글을 쓴다.

흩어져 사라질 공연에 시간을 쓰고

다시 보지 못할 수도 있는 이들에게 마음을 쏟고

무엇이 남았나 헤아려보지 않는다.

다 채우지 않은 채로 남겨두면

예상치 못한 것들이 깃들기도 한다.

나는 무엇을 남기는 대신

무엇을 느꼈다.

내가 지금 여기 있다는 좋은 느낌이었다.

◆ ◆ ◆

인생이 너무 재미없고, 지겹고,
도대체 내가 왜 사는 건가 싶을 때면
쓸모없는 일들을 얼마나 하고 있는지 돌이켜본다.

좋은 것, 기쁜 마음, 살아 있는 느낌은
마음의 여백에 머문다.

쓸모 있는 일들만 너무 많을 때에는
쓸모없는 일들로 지워줘야 한다.
마음에 빈 곳을 두어야 한다.
쓸모없는 일들은 쓸모없지 않다.

요새 나는 고통과 고통 사이에서 평안하다.

이런 좋은 하루들은 아무러할 것 없이 흘러

돌아보면 마치 없었던 날처럼 잊히기 쉽다.

그래서 잊지 않도록 오늘 여기 깃발을 꽂아둔다.

힘들었던 이야기들만 적어서 기억하면

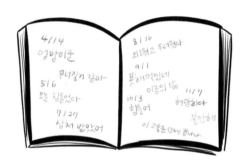

힘든 날 희망을 찾을 수 없다.

요가를 다시 시작한 기쁨.

동료가 있는 곳에서 출퇴근하는 안정감.

좋은 사람들과 약속이 있는 기다림.

너를 사랑하는 새삼스러움.

내 인생이 제법 마음에 드는 오늘이 있었다고

잊어버리지 않게 또박또박 적어놔야 한다.

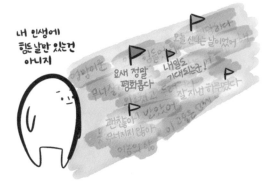

힘든 날 눈을 감고 떠올릴 수 있는 하루를

무너졌을 때 다시 돌아올 어떤 지점을

마음 안에 품고 살아야 한다.

돌아갈 곳을 안다면 조금은 덜 두려울 것이다.

그러니 나는 오늘 쓴다.

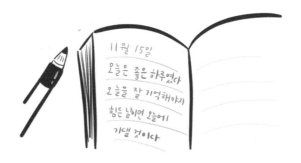

＊ ＊ ＊

좋은 날은 귀하기 때문에
좋은 날을 만나면 기억해둬야 한다.
그래야 힘든 날에도 다시 돌아갈 곳을 바라볼 수 있다.

내 마음을
돌보는
일   상
매뉴얼 10

나는 이제 제자리에 머물러 있는 게 얼마나 힘든 일인지 안다.
머물러 있을 때도 나의 마음은 수없이 많은 곳을 헤매인다.
제자리에 있는 것처럼 보이지만 나는 한 번도 멈춰 있던 적이 없다.
아무도 몰라줘도 내가 나를 알고 있다.

잘 보이려고 무리를 해봤자
결국 남들에게는 무리하는 모습만 보이는 게 아닐까 싶다.

압박감이 몰려올 때 정면 돌파하려 하면 압사되기 십상이다.
다른 생각으로 슬쩍 피해보자.
나는 야한 생각으로 피하는 걸 선호한다.

요새 나는 상처받는 취약한 나를 인정하려고 노력하고 있다.
나는 누군가 무심코 던진 '겨우 그런 말들'로도 상처를 받는다.
울고 싶어지고, 갑자기 모두가 나를 미워하는 거 같고,
이런 걸로 상처받는 게 자존심 상하기도 하고, 부끄럽기도 하다.
그런 내 모습을 인정하고 한바탕 울고 나면 기분이 좀 나아진다.
적어도 내 상처를 외면하려고 노력할 때보다는 훨씬 더 기분이 나아진다.

나는 소외감이 느껴져도 참아야 하는 줄 알았다.
열심히 노력해서 무리에 어울리거나 아니면 마치 소외감을 느끼지 않는 것처럼
아무렇지 않게 행동해야 한다고 생각했다.
그런데 어느 날 더 이상 참고 싶지 않았다.
내가 소외감을 느꼈던 집단과 마음을 끊었다.
조금 외로웠지만 적어도 소외감은 느껴지지 않았다.
나는 외로움이 더 참을 만했다.

요새는 분노가 치밀 때면 일단 무조건 앉거나 눕는다.

욕을 하거나 소리를 지르지 않고 신체를 최대한 차분한 상태로 만들려 한다.

"어떻게 하면 지금 내 기분을 풀어줄 수 있을까?" 하는 단 하나의 질문에 집중한다.

울고 싶으면 울고, 아이스크림을 먹고 싶으면 먹는다.

나를 화나게 한 문제를 해결하는 건 화가 풀리고 난 이후로 미뤄도 늦지 않다.

나는 무기력이 내 몸과 마음이 보내는 신호라 생각한다.
자동차에 기름이 떨어져 갈 때면 불이 깜빡이듯,
나의 몸과 마음도 에너지가 없을 때면 의욕을 낮춰 나에게 신호를 보낸다.
지금 잠시 멈춰 서라고. 어쩌면 내가 지금 가는 길이 가고 싶은 길이 아닌지도,
혹은 지금 내가 너무 무리한 속도로 가고 있는지도 모른다.
그러니 무기력할 때면 잠시 멈춰 서야 한다. 멈춰 서지 못할 수많은 이유에도 불구하고,
무기력은 우리를 잠시 멈춰 설 수 있게 해준다.

실수 때문에 괴로워할 때 어떤 사람이 이렇게 얘기해줬다.
"나는 실수하면 역시 나도 인간이었구나! 인간이니까 실수를 하는 거라고 생각해요."
그 말이 왠지 유쾌하게 느껴졌다.
실수를 했는가? 혹 나 때문이라면 그건 내가 인간인 탓이다.

바랐던 삶이 망하면 억장이 무너질 거라 생각해 두려워했지만, 의외로 홀가분했다.
내 생에 그토록 고요한 평화로움은 처음이었다.
'이번 생은 망했어'라는 마음은 아직 생이 덜 망했을 때 드는 거 같다.
완전히 망하면 그 생은 마침표를 찍을 수 있다.
그러고 나면 인간은 하나의 인생 안에서
여러 번 다른 삶을 살 수 있는 존재라는 걸 깨닫게 된다.

마음이 쫄릴 때는

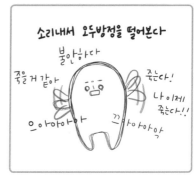

소리내서 오두방정을 떨어본다

불안하다

죽을 거 같아

죽는다!

나 이제 죽는다!!

으아아아아

끄아아아악

하다보면 약간 웃기게 느껴진다

?.?

내가 지금 뭐하는 짓이지?

아아아아..

ㅋㅋㅋㅋㅋㅋ

조금 웃고나면

확실히 덜 초조해진다

초조하고 불안할 때 속으로 참고 있으면 더 미칠 것 같다.
"불안하고 초조해 죽을 거 같다!!!"라고 입 밖으로 소리치고
일부러 온몸을 바들바들 떨어본다.
뭐 이렇게까지 하나 싶어 스스로가 우스워진다.
속으로 조금이라도 피식하면 팽팽했던 긴장이 약간은 누그러진다.

당신과 내가 잠시 마음을 나눈 동안

책 끝의 에필로그까지 읽기로 했다면,
아마도 이 책의 어떤 부분이 당신에게 가닿은 거겠죠. 기쁘네요.
저의 첫 책 『어차피 내 마음입니다』에서는
사회에 첫발을 내디딘 이후 스스로를 지키며 살아가는 이야기를 하고 싶었습니다.
이 사회에서 남들과 조금이라도 다른 의견을 내거나,
다른 길을 가는 건 참 많은 용기를 필요로 하는 일이었어요.
저는 제가 틀리지 않았다는 걸 증명하고 싶었어요.

그래서 퇴사 이후 마음 한구석에서는 늘 이를 악물고 살았습니다.
대기업에 입사한 모범생이 갑작스럽게 퇴사를 하고,
그 이야기를 책으로 펴내고, 새로운 사업을 시작하게 되는,
흔하다면 흔한 그 이야기의 결말이 저는 해피엔딩일 거라 생각했어요.
『나에게 다정한 하루』는 "그 이후로 행복하게 살았답니다. 짝짝짝." 하고
막이 내린 뒤 이어진 일상의 이야기예요.

저는 제가 틀리지 않았다는 걸 증명하고, 원하던 곳에 도달하면 인생이 완성될 거라 생각했어요.
하지만 증명해야 하는 삶은 너무 고단했고, 분명 도달했는데도 저 자신을 잃어버린 느낌이었어요.
어딘가로 가겠다고 너무 애쓰고 스스로를 갈아 넣으며 살았던 거죠.
이렇게 살면 그 어디에 서 있더라도 만족스럽지 않을 거라는 느낌이 들었어요.

저는 요새 스스로에게 다정하려고 노력하고 있어요.
이런 노력이 아직 무척 낯설고 어색해요.
하루에도 몇 번씩 드는 부정적인 생각을 마주하고,
스스로를 좋아하지 않는 나를 발견하고 슬퍼질 때도 많아요.
예전에 그렸던 그림일기를 보면서 '왜 이런 반짝이는 깨달음들을
내 삶에서 계속 유지하지 못할까' 하고 한탄하기도 합니다.

그래도 저는 포기하지 않으려 해요. 지난 3년간 그림일기를 그리며 제가 많이 변했듯,
또다시 3년이 지나면 저는 진짜로 저에게 다정한 사람이 될지도 모르죠.
이 이야기가 정말 열심히 고군분투하며 살아왔던 당신에게 잠시나마 위로가 되기를 바라요.
이 책을 덮고 나면 또 강한 모습으로 세상으로 나설 당신이
책을 펼친 동안에는 잠시나마 약해지고 어려질 수 있기를 바랄게요.
책꽂이에 꽂아두었다가 우연히 눈 마주치게 되는 날에,
그날 하루 스스로에게 조금 더 다정할 수 있다면 더없이 기쁠 거예요.
이 책을 통해 잠시라도 마음 나눌 수 있어 좋았어요.

어디서엔가 또 마주쳐요.

2018년 4월
서늘한여름밤

나에게 다정한 하루

초판 1쇄 발행 2018년 4월 25일
초판 7쇄 발행 2024년 5월 10일

지은이 서늘한여름밤
펴낸이 최순영

출판1 본부장 한수미
라이프 팀

펴낸곳 ㈜위즈덤하우스 **출판등록** 2000년 5월 23일 제13-1071호
주소 서울특별시 마포구 양화로 19 합정오피스빌딩 17층
전화 02) 2179-5600 **홈페이지** www.wisdomhouse.co.kr

ⓒ 서늘한여름밤, 2018

ISBN 979-11-6220-359-0 03810